24 for Xmas

Von Manuel Blötz

24 for Xmas

Vier Gruselgeschichten

Für die Adventssonntage

Von Manuel Blötz

Bibliografische Information der Deutschen
Nationalbibliothek:
Die Deutsche Nationalbibliothek verzeichnet diese
Publikation in der Deutschen Nationalbibliografie;
detaillierte bibliografische Daten sind im Internet über
http://dnb.dnb.de abrufbar.

Impressum
© 2023 Manuel Blötz
Umschlaggestaltung: Manuel Blötz

Herstellung und Verlag: BoD – Books on Demand,
Norderstedt

ISBN: 978-3-7392-3162-4

Vorwort

Ursprünglich waren diese Seiten als Wichtelgeschenk für einen Weihnachtskalender gedacht. Irgendwie hat es sich herumgesprochen, dass es dieses Dokument gibt und die Nachfrage außerhalb der Mädelsgruppe stieg an.

Meine Lieblingsfrau bat mich dann darum, die Kurzgeschichten als Buch drucken zu lassen. Und weil es klug ist, auf seine Frau zu hören, habe ich es kurzerhand umgesetzt.

Ich wünsche Dir viel Spaß beim Lesen und hoffentlich auch beim Gruseln. :)

1. Lisa

Der kleine Schwimmer lag still im Wasser. Der Wurm, der unter ihm am Haken hing, wandte sich hin und her im Kampf um sein Überleben.

Bradley saß am Ufer des kleinen Sees und war gelangweilt. Seit Stunden wartete er darauf, dass etwas anbiss, doch es tat sich nichts. Alle dreißig Minuten holte er die Angel ein und wechselte den Köder.

»Was für ein Scheißtag!«, sprach er laut zu sich selbst. Am Himmel über dem Wald, der direkt an den See angrenzte, mischte sich bereits das rote Licht der untergehenden Sonne in die sich bildende Dunkelheit. Es würde nicht mehr lange dauern, bis die Schwärze der Nacht ihn umgeben würde.

War sie es? Hielt sie die Fische davon ab, an den Haken zu gehen? War es Karma? Blödsinn, Seemannsgarn. So etwas wie Karma gab es nicht. Genauso wenig, wie fliegende Kühe oder den Weihnachtsmann.

Bradley nahm die Angelrute in die Hand und begann die Sehne einzuholen. Feierabend für heute. Zum Glück hatte er sich genug Proviant eingepackt, so dass er nicht verhungern würde. Er schob die Teleskopstangen zusammen, nahm den toten Wurm vom Haken, warf ihn ins Wasser. Er packte alles sorgfältig in seinen Rucksack. Morgen war schließlich auch noch ein Tag und beeilen musste er sich auch nicht. Zuhause wurde er nicht erwartet.

Sein Zelt stand nur wenige Meter vom Ufer entfernt. Er stellte seinen Rucksack einfach auf die Luftmatratze und setzte sich in seinen Campingstuhl. Er holte eine Flasche Jim Beam red Stag aus der Kühltasche, die neben ihm stand und schenkte sich einen Schluck in den Plastikbecher, der im Getränkehalter seines Stuhles stand. Anschließend legte er ein Stück Holz auf die glühenden Kohlen, direkt vor ihm und Sekundenbruchteile später begannen die Flammen wieder zu lodern.

Seine Augenlider wurden schwerer, als er sich das vierte Glas einschenkte. Er starrte ins Feuer. Seine Erinnerungen an seine Freundin, oder vielmehr Exfreundin, kamen wie auf einer Kinoleinwand vor sein inneres Auge. Gleichgültig nahm er die Szenen zur Kenntnis. Sie war ihm egal. Unwichtig.

Der Becher in seiner rechten Hand, begann an Gewicht zu gewinnen. Langsam ging der Arm nach unten und der Inhalt tropfte auf den sandigen Boden, ehe kurze Zeit später der Becher aus seinen Fingern glitt und in der kleinen Pfütze landete.

Ein Geräusch ließ ihn plötzlich zusammenzucken. Wie ein Blitz holte es ihn aus seinem Dämmerschlaf. Als hätte er einen Stromschlag bekommen. Da! Schon wieder. Es hörte sich an, als wenn ein Tropfen ins Wasser fällt. Mehrere Tropfen, wie er feststellte. Er suchte mit den Augen die Oberfläche des Sees ab. Das Mondlicht spiegelte sich auf dem Wasser und durch den leichten Nebel hindurch. Er kniff die Augen zusammen. Da war doch etwas. Eine dunkle Gestalt. Fast lautlos bewegte sie sich durch das Nass. Mit langsamen Schritten kam sie auf ihn zu. Sein Herz begann zu rasen.

Es war eine Frau, mit langen schwarzen Haaren. Sie hingen an ihrem Kopf herunter, den sie nach unten gerichtet hatte. Sie stand einfach nur da. Das Wasser tropfte von ihren nassen Kleidern in den Sand. Sie stand im flackernden Licht des Lagerfeuers am Ufer. Bradley erkannte die Jacke, das Hemd, die Hose, die Schuhe.

»Lisa?«, flüsterte er leise. Sie trug diese Kleider, als er sie in dem See ertränkte, nachdem er sie getötet hatte. Vor zwei Wochen. In diesem See. Aber sie konnte es nicht sein. Lisa war tot, er hatte es überprüft. Als er ihren leblosen Körper aus dem Wasser holte, nachdem er sie ertränkt hatte. Dann hatte er sie zusammen mit dicken Steinen in eine Plane eingewickelt und sie in der Mitte des Sees versenkt. Tot.

Definitiv tot. Und dennoch stand sie jetzt da.

Er sprang von seinem Campingstuhl auf, doch die Schwerkraft und der Alkohol rissen ihn nach hinten. Er stürzte und suchte sofort wieder diese Gestalt. Er saß auf seinem Hintern, stützte sich mit den Händen ab und guckte verängstigt zu der Frau. Langsam hob sie ihre rechte Hand und streckte den Zeigefinger aus. Sie zeigte auf ihn. Er sog die Luft ein und versuchte sich aufzurappeln. Hektisch blickte er sich um. Er krabbelte auf das Zelt zu und versuchte den Reißverschluss aufzumachen. Doch Bradley schaffte es nicht. Der Reißverschluss klemmte. Wieder schaute er zu ihr. Sie erhob ihren Kopf, so dass sie ihn direkt ansehen konnte. Ihre Augen waren nur noch leere Höhlen, aus denen das Wasser heraustrat. Würmer wandten sich aus den verrotteten Teilen ihres Gesichtes. Ihr Mund war nur noch zur Hälfte vorhanden, Teile ihrer Zähne gucken durch das zersetzte Fleisch. Er sprang auf und rannte zur Seite. Er wollte zum nächsten Baum. Er wollte sich einen Ast besorgen, um sich zu wehren. Lisa verfolgte seinen Weg ihr rechter Zeigefinger folgte ihm.

Bradley erreichte einen Baum. Ein Ast hing halb abgebrochen von ihm herab. Er griff danach und versuchte ihn loszureißen. Bradley drehte ihn, wendete ihn, doch er gab nicht nach. Er blickte wieder zum Ufer und hielt inne. Sie war weg. Die Frau war weg. Seine Ex, nur noch zwei Fußabdrücke im Sand. Mehr nicht. Sein Herz begann sich zu beruhigen, der Takt verlangsamte sich.

»Ja genau! Verschwinde du dumme Schlampe!«, schrie er in Richtung des Sees. »Ich habe dich einmal umgebracht, ich werde es auch ein zweites Mal schaffen!«

Er ging vom Baum weg, hinüber zu seinem Zelt. Er öffnete den Reißverschluss. Ohne Widerstand ließ er sich jetzt hochziehen. Er krabbelte hinein und zog den Schieber wieder nach unten. Dann schubste er seinen Rucksack von der

Luftmatratze herunter. Er atmete einmal tief durch. Er legte sich auf den Rücken und starrte an das Zeltdach. Jetzt kam er sich lächerlich vor. Seine Sinne hatten ihm einen Streich gespielt. Eine Tote. Er stieß einen Lacher aus. Wie konnte er sich so täuschen lassen. Was war er doch für ein Idiot.

Das Licht des Lagerfeuers, flackerte matt durch den Zeltstoff hindurch. Er hielt die Luft an. Ein Schatten bewegte sich seitlich durch das Licht. Die Silhouette war deutlich zu erkennen. Schlurfend bewegte sie sich zur Front des Zeltes. Dann hielt der Schatten kurz inne und der Kopf drehte sich. Bradley konnte spüren, wie sie ihn anblickte. Instinktiv wusste er wer es war, doch er kämpfte gegen den Gedanken an. Der Kopf des Schattens machte eine erneute Bewegung und schritt weiter nach vorne. Bradley verfolgte ihn und plötzlich war er wieder weg. Was ging hier vor?

»Du sollst dich verpissen, Lisa!«, schrie er durch den Stoff.

Stille, kein Geräusch. Nicht einmal das Rascheln der Blätter, kein Knistern des Feuers. Nur seine Atmung, die hektischer wurde. Panik machte sich in ihm breit. Dann mischte sich ein weiteres Geräusch dazu. Ein gurgelndes Atmen, mehr ein Röcheln. Langsam ging sein Blick in Richtung des Zelteinganges. Der Schieber des Reißverschlusses zog sich wie von Geisterhand nach oben und Lisas Kopf trat durch die Öffnung langsam hinein in das Zelt. Er sah direkt in das verstümmelte blassgraue Gesicht seiner Exfreundin. Das, was von ihrem Mund noch übrig war, formte sich zu einem Lächeln und mit einem spitzen Schrei kroch sie im Eiltempo auf ihn zu.

Er schrie vor Schmerzen auf, als ihre knochigen Finger sich durch seine Rippen bohrten. Seine Brust platzte auf und das Blut spritzte überall hin. Das Geräusch, welches seine Haut machte, als sie auseinanderriss, drang an seine Ohren und verstärkte den massiven Schmerz, den er fühlte. Fast so stark, dass er in die Bewusstlosigkeit abgeglitten wäre, aber etwas hielt ihn wach.

Ihre Hand erreichte sein Herz, packte es. Er konnte es fühlen, wie ihre kalten Finger sich darum krallten. Dann griff sie zu, riss es heraus und hielt es ihm vor die Augen. Sie bewegte es hin und her. Um ihn herum wurde es schwarz. Ihr Gesicht kam auf das seine zu und das letzte, was er spürte, war ein Kuss, den sie ihm gab. Ein Kuss des Todes. Ein Todeskuss. Dann starb er. Sein letzter Gedanke war, dass sie Letztenendes doch noch sein Herz berührt hatte. ...

2. Dolores

Norma schob ihren Koffer über die Türschwelle zu ihrem Hotelzimmer. Sie steckte die Schlüsselkarte in die Halterung an der Wand und das Licht schaltete sich an. Der Fernseher auf dem kleinen Sekretär begrüßte sie mit persönlichen Worten und wünschte ihr einen schönen Aufenthalt.

Kraftlos ließ sie sich auf das Bett sinken. Der Flug nach London war turbulent gewesen. Die Abfertigung in Hamburg und auch in Stansted am Airport war stressig. Sie wusste nicht warum, aber die Behörden hatten immer sie im Blick. Bei jeder Sicherheitskontrolle wurde sie aus der Schlange geholt und musste alle möglichen Drogentests über sicher ergehen lassen und ihre Klamotten ablegen. Dabei war sie eine ganz normale Frau, zumindest empfand sie es so. Sie war blond, durchschnittlich groß, schlank und hatte ein freundliches Auftreten.

   Das Bett war kuschelig und weich. Ihre Augen wurden schwerer. Sie versank förmlich in der weichen Oberfläche. Kurz bevor sie einschlief, schaffte sie es noch, die Finger zu heben und sich die Augen zu reiben. Sie konnte noch nicht ins Bett. Sie musste duschen, sich aufhübschen. Sie war der Ehrengast auf der Veranstaltung, zu der sie eingeladen war. Sie sollte einen Preis erhalten. Eine Auszeichnung dafür, dass sie sich unermüdlich für Waisenkinder in ganz Europa einsetzte und dafür sorgte, dass diese untergebracht wurden.

   Sie setzte sich auf und warf ihren Koffer auf das Bett. Sie zog den Reißverschluss auf und holte ihr Abendkleid sowie ihre Unterwäsche und ihre Schminksachen hervor. Dann ging sie in das Badezimmer und zog die Tür hinter sich zu.

Sie drehte das Wasser in der Dusche auf und wollte gerade die Hose herunterziehen, als das sie das Telefon im Zimmer nebenan klingeln hörte. Sie dreht das Wasser wieder ab und ging in das Schlafzimmer zurück. Sie nahm den kabellosen Hörer in die Hand.

»Hallo?«, fragte sie etwas zögerlich.

»Norma?«

»Ja?! Wer ist da?«

»Mein Name ist Dolores. Hör zu, wir haben nicht viel Zeit.«

»Zeit wofür?«

»Sie kommt und sie wird dich töten.«

Normas Herzschlag beschleunigte sich. Ihre Atmung wurde kürzer.

»Was? Was soll das? Wer sind Sie?«

»Sie geht gerade durch das Foyer. Du musst genau tun, was ich dir sage.« Die fremde Stimme wurde bestimmender.

»Verdammt nochmal, was soll die Scheiße. Ist das irgendeine kranke Show oder was?«

»Willst du sterben, Norma?«

»Natürlich nicht!«

»Dann tu´ was ich dir sage!«

»Ok.« Mehr brachte sie nicht hervor.

»Geh zu dem Sekretär herüber und öffne die linke Schublade.«

Norma tat, was die Stimme verlangte. Als sie die Schublade aufzog, sah sie, dass sich darin ein Brieföffner befand. Geformt wie ein kleiner Dolch, mit einem langen spitzen Metallstab.

»Nimm ihn. Schnell. Sie steht schon vor deiner Tür.«

Sie griff hinein und nahm den kleinen Gegenstand an sich, der sich wie Blei anfühlte.

»Was jetzt?«, fragte Norma.

»Links von dir ist eine Tür, sie führt ins Nachbarzimmer. Der andere Raum ist zwar abgeschlossen, aber zwischen den beiden Türen ist ein kleiner Spalt, darin kannst du dich verstecken.«

Norma öffnete die Tür und trat hinein. Dann zog sie die Tür zu. Gerade rechtzeitig, denn sie hörte, wie die Tür zu ihrem Hotelzimmer geöffnet wurde.

Norma hielt die Luft an und die Stimme von Dolores wurde zu einem Flüstern. »Sie geht durch dein Zimmer. Nichts sagen! Nicht bewegen!«

»Wie sollte ich auch, es ist viel zu eng.«, dachte Norma.

Sie hörte ein schabendes Geräusch, dass sich vor ihr im Raum von einer Seite zur anderen bewegte.

Ihre Panik steigerte sich von Sekunde zur Sekunde. Ihr Herz schlug so heftig und laut in ihrer Brust, dass sie Angst hatte, die Person vor ihr könnte es auch hören.

»Wenn ich jetzt sage, öffnest du die Tür, stürmst auf die Frau zu und rammst ihr das Ding in die Brust.«

»Nein.«, flüsterte Norma mit tränenerstickter Stimme. »Das kann ich nicht.«

»Du musst!«, flüsterte Dolores. »Dein Leben hängt davon ab.«

Norma versuchte, den Kopf nach oben zu drehen und flehte stumm gen Himmel.

»Jetzt!«

Norma zögerte.

»Los!«, zischte die Stimme. »Sie wird dich finden. Sie ist schon fast an der Tür. Wenn sie sie erreicht, bist du tot!«

Norma atmete einmal tief ein und nahm ihren gesamten Mut zusammen. Dann drückte sie den Türgriff nach unten und stürmte in den Raum.

Die Frau hatte keine Chance. Ehe sie sich versah, steckte der Brieföffner bis zum Anschlag in ihrer Brust.

Sie hatte einen schwarzen Pullover an und eine dunkle Jeans. Ihre Haare waren zu einem Pferdeschwanz zusammengebunden. Sie sah überrascht hinunter auf den Gegenstand, der aus ihr herausragte. Sie ließ ein Messer aus der Hand gleiten und fasste den Brieföffner. Sie zog ihn heraus und es folgte ein Schwall Blut, ehe sie kraftlos, noch immer verwirrt dreinblickend, zur Seite kippte.

»Woher wusstest du das?« Es waren die letzten Worte, die aus dem Mund der Fremden kamen. Dann war sie tot.

Norma nahm das Telefon wieder ans Ohr. »Danke.«, sagte sie. Aber die Leitung war tot. Sie blickte auf das Display und erkannte, dass Dolores aufgelegt hatte. Sie wählte die Nummer der Polizei und erklärte ihr, dass sie eine Einbrecherin in ihrem Hotelzimmer getötet hatte. Es rollten Tränen über ihr Gesicht. Sie weinte hemmungslos, auch als die Polizei eintraf und den Tatort absperrte. Einer der Beamten half ihr auf die Beine und setzte sie in einen der Sessel.

»Ich bin Inspector Manningham.«, stellte der Mann sich vor. »Wissen Sie, was die Täterin von ihnen wollte?«

»Nein.« Norma starrte auf ihre Hände. Sie zitterten. »Ich weiß nur, dass mich diese Frau anrief und mir sagte, was ich tun sollte. Sie hat mir das Leben gerettet.«

»Wie hieß die Frau?«

»Dolores.«

»Und weiter?«

»Keine Ahnung. Sie hat nur gesagt, dass sie Dolores heißt. Es ging viel zu schnell.«

»Inspector?«, fragte einer der Polizisten, die neben der Leiche von der Fremden kniete. »Würden Sie sich das bitte einmal ansehen?«

»Natürlich.« Er erhob sich. »Bitte verzeihen Sie, ich bin gleich wieder da.«

Er ging hinüber zu dem Polizisten. Norma blickte aus dem Fenster in die Dunkelheit. Dicke Regentropfen klopften an die Fensterscheibe. Ihr ging dieser Moment nicht mehr aus dem Kopf, als sie in die Augen der Fremden sah, während sie ihr den Brieföffner durch die Haut stach. Dieser kurze

Widerstand, als sie erst das Fleisch und dann die Rippen traf. Wie von selbst suchte sich die Spitze den Weg durch die Knochen und bohrte sich in die Lunge.

»Miss Brandter?« Der Inspector hatte sich wieder neben Norma gesetzt. Wie durch einen dicken Filter drang die Stimme zu ihr durch.

»Ja?«

»Was sagten sie doch gleich, wie die Frau am Telefon hieß?«

»Sie sagte, sie heißt Dolores.«

»Das ist seltsam.«, sagte er. »Die Frau, die sie getötet haben. Ihr Name war Dolores. Und das hier...« Er hielt ihr einen kleinen grauen Gegenstand hin. »Ist das Handy der Toten.«

Norma starrte das iPhone in der Hand des Inspectors an und sie erkannte die Nummer auf dem Display.

Es war ihre. Die Nummer ihres
Hotelzimmers...

3. Lucy

»Lasst den Schuppen geschlossen.«, waren die letzten Worte, die Mr. Peterson auf seinem Sterbebett aussprach. Außer einem Pfleger war sonst niemand im Raum. Chris nickte und als der letzte Atemzug aus dem alten Mann entwich, schloss er seine Augen und legte ein Tuch über das Gesicht. Niemand hörte diesen letzten Wunsch des Mr. Peterson, denn als Chris das Zimmer verließ, um den Bestatter zu informieren, hatte er diesen längst wieder vergessen.

Schon eine Woche später stand der Umzugswagen der Familie in der Einfahrt des prächtigen Anwesens. Die beiden Männer des Umzugsunternehmens schleppten die vielen Kartons und Möbelstücke der Familie in die jeweiligen Räume.

Lucy stand am Fenster ihres neuen Zimmers im ersten Stock und blickte auf den großen leeren Garten. Der Rasen war perfekt gemäht worden und hatte eine tiefe grüne Farbe. Ihr Vater versprach ihr, er würde ihr einen Spielturm errichten. Eine große Sandkiste mit einer Schaukel, einer Rutsche und einem Klettergerüst. Vielleicht sogar ein Baumhaus.

»Na Süße, wie findest du es hier?«, Lucys Vater stand angelehnt am Rahmen der Tür zu Lucys Zimmer.

»Ich weiß nicht, Dad. Irgendwie vermisse ich unser altes Haus.« Die Vierjährige senkte den Kopf. Ihr Vater kam auf sie zu und legte zwei Finger unter ihr Kinn und hob es sanft nach oben.

»Wir haben hier viel mehr Platz. Dein kleiner Bruder kommt doch bald zur Welt und da wollen wir doch alle unser eigenes Zimmer haben, oder?«

Sie nickte.

»Und außerdem kannst du hier in einem viel größeren Garten spielen.« Er zeigte auf die Wiese hinter dem Haus. »Und dort drüben, wo der Fleck ist, da bekommt ihr dann euren eigenen Bereich.«

Am rechten Rande des Gartens war ein tiefschwarzes Viereck, etwa vier mal vier Meter groß und wirkte wie ein Loch in dem sonst so perfekten Grundstück.

»Wann denn?«, fragte Lucy.

»Schon bald. Wenn wir hier komplett eingezogen sind. Und jetzt komm, es gibt Abendessen.«

Lucy nahm die Hand ihres Vaters und beide gingen die Wendeltreppe herunter zum Abendbrottisch.

Nachdem die beiden mit dem Essen fertig waren, ging Lucy in das Badezimmer und putzte sich die Zähne. Sie ging in ihr Zimmer, zog sich ihr Schlafhemd an und stellte sich an das Fenster, um wieder hinauszublicken. Die Dunkelheit war mittlerweile über den Garten gekommen und tauchte alles in ein tiefes Schwarz. Einzig die Lampen rund um den Rasen beleuchteten den leichten Nebel, der sich über den Boden zog.

»Ins Bett, kleiner Fisch!«

Sie kletterte ins Bett und ihr Vater deckte sie zu. Dann ging er hinaus und dimmte das Licht.

Lucy schloss ihre Augen. Es vergingen ein paar Minuten und dann hörte sie ein Geräusch. Ein Stöhnen. Leise. Aber es war da. Vorsichtig dreht sie sich zur Seite und spähte in das dämmrige Zimmer. Das Geräusch kam aus der Richtung des Fensters. Langsam stieg sie aus dem Bett und ging in kleinen Schritten auf das Fenster zu. Sie blickte hindurch und wunderte sich. Der schwarze Fleck war weg und stattdessen stand dort ein Schuppen. Ein kleiner Holzschuppen und das Stöhnen schien aus dieser Richtung zu kommen. Sie hatte Angst und dennoch wollte sie dorthin. Etwas zog an ihr wie ein unsichtbares Band.

Sie zog sich ihre pinke Jacke und eine blaue Stoffhose an. Sie war aus einem Frotteestoff, der sich weich und flauschig anfühlte. Dann steckte sie ihre Füße in die kleinen Hauspuschen, auf denen Einhörner aufgestickt waren.

Sie schlich die Treppe hinunter und am ging am Wohnzimmer vorbei, wo ihr Vater vor dem Fernseher saß. Er bemerkte sie nicht und Lucy ging weiter in das Schlafzimmer ihres Vaters. Sie ging zu der Verandatür und schob diese leise auf. Dann schlüpfte sie hindurch und stand auf der Terrasse. Ein leichter, kühler Wind ließ sie ein wenig zittern, aber angetrieben durch ihre Neugier, ging sie den sandigen Weg hinüber zum Schuppen.

Sie erreichte die Tür und stand wie versteinert davor. Wo war dieser Schuppen hergekommen?

Ein Geräusch. Wieder dieses Stöhnen. Es klang weicher, als noch zuvor und dazu schabte etwas an der Innenseite. Sie drückte ihr Ohr an die Tür.

»Raus, ich will raus!«. Kaum hörbar und dennoch waren es diese Worte, die Lucy hörte. Die Stimme kam ihr bekannt vor. Sie ging ein paar Schritte zurück. Sie fürchtete sich. Es war etwas hinter dieser

Tür, etwas Furchtbares. Doch etwas Zwang sie diese zu öffnen.

Sie spürte einen kleinen Druck in ihrem Rücken, so als würde sich dort eine kalte Hand befinden, die sie sanft zur Tür schob. Sie gab dem Druck nach und hob ihre Hand, um die Tür zu öffnen.

»Lucy! Nein.« Ihr Vater stand an der Tür zum Garten und schrie sie an. »Lass die Tür zu. Tu das nicht!«

Doch Lucy konnte nicht anders. Sie schob den Riegel zur Seite und trat in den dunklen Raum.

Ihr Vater stürmte hinter ihr her und versuchte, sie davon abzuhalten, doch es war zu spät. Als er die Tür erreichte und hinter Lucy in den Schuppen trat, hatte sie bereits das Licht eingeschaltet. Das Band, welches von der Decke hing, pendelte noch leicht hin und her und Lucy blickte zu Boden. Ihre Hände hingen an ihrem Körper herab und sie weinte. Sie ging an ihrem Vater vorbei, hinaus in die Nacht. Dann richtete sie ihren Blick auf das Fenster, hinter dem ihr Zimmer lag und guckte traurig in die Augen des kleinen Jungen, der dort stand und sie ebenfalls direkt ansah. Sie fühlte sich ihm verbunden, doch sie hatte ihn noch nie zuvor gesehen. Es traten Tränen in seine Augen. Neben dem Jungen kniete eine Frau, die ihn in den Arm nahm. Anschließend richtete sie sich auf und beide guckten auf Lucy hinab. Lucy erkannte die Frau. Es war ihre Mutter, doch sie stand nur stumm da, regte sich nicht.

Weitere Minuten vergingen und dann ging Lucy wieder zu ihrem Vater in den Schuppen zurück. Sie nahm seine Hand.

»Es tut mir so so so leid, Lucy.« Er küsste sie auf den Kopf.

Beide blickten auf den Boden. Dorthin wo die Knochen lagen. Die Knochen eines Kindes. Eines Mädchens. Eingehüllt in eine pinke Jacke, eine blaue Hose aus Frottee und Hauspuschen mit Einhörnern darauf. Auf dem kleinen Etikett in der Jacke stand ein Name. Lucy. Lucy Peterson.

4. Fiona

Erik Keller wedelte mit dem Bündel Einhundertdollar-Scheine in der Luft herum und präsentierte sie der Tänzerin vor ihm. Fiona räkelte sich an der Stange und passend zum Takt der Musik zog sie langsam ihren BH aus. Sie kniete sich hin und kam auf allen Vieren auf ihn zu. Sie lächelte und warf ihm einen Kuss zu.

Eriks Hose wurde immer enger. Er fühlte sich von ihr angezogen. Sie erregte ihn. Diese Verdorbenheit, obwohl sie mit ihren schulterlangen roten Haaren und ihren großen haselnussbraunen Augen so unschuldig aussah. Er stand auf diese jungen Dinger, je jünger desto besser. Er warf ihr einen Hunderter auf das Podest und prostete ihr mit seinem Glas Whiskey zu.

»Komm´ Sweetie, da wo der herkommt, gibt es noch viel mehr!«, rief er ihr hinterher. Sie steckte sich das Geld in den Slip. Dann ging sie wieder zurück zu der Stange. Sie zog sich hoch und hing dann kopfüber herunter, während sie sich mit den Beinen festklammerte. Erik hielt es fast nicht mehr aus. Dieses süße lächeln, dass sie ihm bei jeder ihrer Bewegungen zuwarf, machte ihn wahnsinnig. Er sprang auf, wollte zu ihr auf die Bühne. Ihm war alles scheißegal. Sollten die drei besoffenen Kerle auf der anderen Seite doch dabei zusehen, wie er sie auf der Bühne demütigte. Das machte ihn sogar noch mehr an.

Er hatte gerade das zweite Bein auf das Podest gehoben, da wurde er auch schon von hinten gepackt. Die klodeckelgroßen Hände, die ihn in der Luft hielten, trugen Erik in Richtung Ausgang. Der Türsteher knallte ihn gegen die Holztür und warf ihn auf die Straße. Er krachte unsanft auf den Asphalt und drehte sich um.

»Das wird dir noch leid tun, Penner!«, schrie Erik ihm zu.

»Komm wieder, wenn du dich im Griff hast.«, antwortete Patrick ruhig. Er hatte eine Glatze und war kaum größer als eins siebzig.

Dennoch brachte er die Kraft auf, Erik, der immerhin einen Kopf größer war als er, anzuheben und nach draußen zu tragen.

Erik drehte sich auf den Bauch und stand mit wackeligen Beinen auf. Er torkelte um die Bar herum auf sein Auto zu. Er fummelte in der Tasche herum und holte die Schlüssel zu seinem Mercedes AMG hervor. Er wollte gerade den Knopf drücken, als er einen Schatten im Augenwinkel wahrnahm.

»Na Süßer, Lust auf eine Privatvorstellung?« Erik konnte sein Glück kaum fassen. Da stand sie. Eingehüllt in einen Mantel und mit einer Zigarette in der Hand. Sie kam mit einem eleganten Gang auf ihn zu und legte ihm eine Hand in den Schritt.

»Na klar.« Erik grinste und öffnete das Auto.

»Nein. Wir bleiben hier.« Sie legte ihre Hand auf die seine und schob sie nach unten. »Die letzten Gäste sind eben gegangen und wir können wieder hereingehen.« Fiona lächelte ihn verschwörerisch an. Dann griff sie fester nach seiner Hand und zog ihn zum Hintereingang. Sie klopfte an und Patrick öffnete.

»Viel Spaß, du Arsch.«, sagte er. Dabei lächelte Patrick ihn mit einem Blick an, der Erik ein wenig unheimlich vorkam.

»Den werde ich haben.« Erik klopfte ihm beim Vorbeigehen auf die Schulter. Patrick nahm sich sein Päckchen Zigaretten aus der Brusttasche und ging nach draußen. »Eine Länge sollte langen.« Er zog die Tür zu.

Fiona ging mit Erik an der Hand zurück in den Gastraum und drückte ihn sanft auf das Podest. Dann zog sie ihren Mantel aus und setzte sich auf ihn. Sie war nackt. Und als wäre das nicht genug kamen noch vier weitere Schönheiten dazu.

»Du hast doch bestimmt nichts dagegen, wenn ich mir noch Unterstützung mit dazunehme, oder?«, fragte Fiona.

»Natürlich nicht!« Erik konnte sein Glück kaum fassen. Die Frauen begannen über seine Brust zu streicheln. Eine kam mit ihrem Gesicht dicht an ihn heran und er konnte ihr Parfum riechen. Süßlich, liebreizend. Sie küsste ihn. Dieser Duft und die Art, wie sie ihn küsste, jagten ihm einen Schrecken ein. Er erinnere sich an eine junge Blondine, die er einst mitnahm. Er hatte sie nach dem Sex in einem Bach entsorgt.

Er riss die Augen auf und sah in tote, weiße Pupillen. Der Geruch nach Parfum war weg und es stank jetzt nach Fäulnis. Er spürte einen Schmerz, sie biss ihm in die Lippen. Er versuchte sich wegzudrehen, doch Fiona saß noch immer auf ihm. Er riss seine Hände hoch und versuchte sie wegzudrücken, doch er schaffte es nicht. Ihr Körper war glitschig und kalt. Die fahle Haut hing ihr von den Knochen herunter.

Endlich erhob sie sich. Er lag auf dem Rücken auf dem Podest, über ihm fünf Frauen. Frauen, die er kannte. Alle fünf. Er hatte sie vergewaltigt, ermordet und versteckt. In Bächen, Wäldern, begraben unter Müll. Und Jetzt waren sie hier.

Sie blickten ihn mit ihren toten Augen an und grinsten.

»Frohe Weihnachten!«, sagte Fiona mit einem gurgelnden Klang in ihrer Stimme.

Panik. Er schrie und versuchte sich aufzurichten. »Hilfe! Helft mir doch!«

Die Frauen beugten sich zu Erik herunter und begannen damit ihn auseinanderzureißen. Er schrie bis zu seinem letzten Atemzug. Bis zu dem Zeitpunkt, wo schon fast nichts mehr von ihm übrig war.

Eriks Schmerzensschreie hallten bis hinaus auf den Parkplatz. Dort stand nur Patrick, der diese hören konnte. Die Glut seiner Zigarette leuchtete auf, als er einen tiefen Zug nahm. Er blies den Rauch aus und lächelte. »Ich hoffe du hattest deinen Spaß, Arschloch!«